방귀맛이 궁금해

방귀맛이 궁금해

2025년 1월 10일 1판 1쇄 인쇄 / 2025년 1월 20일 1판 1쇄 발행

지은이 구암 철길마을 어린이시인학교 어린이들
엮은이 신솔원 · 안수민 / 그린이 김수진 / 펴낸이 임은주
펴낸곳 청개구리 / 출판등록 2003년 10월 1일 제2023-000033호
주소 (12284) 경기도 남양주시 다산지금로 202 (현대 테라타워 DIMC) B동 317호
전화 031) 560-9810 / 팩스 031) 560-9811
전자우편 treefrog2003@hanmail.net
네이버블로그 청개구리출판사
인스타그램 treefrog_books

편집디자인 서강
출력 우일프린테크 / 인쇄 하정문화사 / 제책 상지사P&B

ISBN 979-11-6252-147-2 (73810)

●KC마크는 공통안전기준에 적합하였음을 의미합니다.
●이 책은 친환경 재생용지를 사용해 제작하였습니다.

시 쓰는 어린이 12

방귀 맛이 궁금해

군산구암초등학교 〈구암 철길마을 어린이시인학교〉 어린이 시
신솔원 · 안수민 엮음 | 김수진 그림

청개구리

2022년 『비상구는 매일 달린다』, 2023년 『나는 경암동 철길 마을에 살아요』를 엮었어요. 올해 2024년에는 『방귀맛이 궁금해』를 엮습니다. 군산구암초 어린이들과 함께했던 시간을 이렇게 간직할 수 있어서 행복합니다.

지금은 경암동 철길마을 건너 오성산 아래로 자리를 옮겼어요. 여전히 경암동 철길마을을 지나며 군산구암초 친구들을 생각해요.

두 팔을 펼치고 선로를 걷던 날의 수아와 로운이, 시계꽃 팔찌와 반지가 잘 어울렸던 은지, 봉숭아꽃 물들이는 것은 남자아이들이 더 좋아했어요.

벼 타작하던 날, 재미 있어 하던 선생님을 여러분도 기억할까요? 야구 글러브 같은 무를 안고 사진을 찍던 주한이도 항상 그곳에 남아 있어요.

이안 시인의 『기쁨의 비밀』을 합창할 때의 명랑한 목소리도 기억합니다. 오이 잎에 붙어 있는 애벌레를 열심히 관찰하던 승우, 맹꽁이 우는 수로에 고개를 떨구고 보던 승현이와 앨리, 시인학교 1학년은 처음이었던 이루, 그리고 이안 시인과 같은 이름 이안이, 벌써 졸업하는 승민이, 만화 주인공을 닮은 하민이 모두 정말 귀엽고 사랑스러웠지요.

이빈아, 나는 이빈이가 2학년 때 썼던 「나는」이란 시가 참 좋더라. 그리고 번뜩이는 시가 어디서 나오는지 궁금했던 준선이, 모두 모두 항상 생각합니다.

분명 여러분이 쓴 시처럼 여러분은 잘 자랄 거예요. 왜냐하면 여러분은 진실하고, 친구와 가족의 소중함을 알고, 경암동 철길마을과 군산구암초를 언제까지나 기억할 거니까요.

2024년 11월,
우리가 사랑하는 학교에서
신솔원, 안수민

차례

제1부 철길마을 기찻길 옆 우리학교

6

제2부 **상상남매 현실남매**

1부

철길마을 기찻길 옆 우리 학교

두근두근 개학식 날

임은지

드디어
개학이다!
야호!
선생님과 친구들
볼 생각에
너무 신난다.
난 이럴 때
세상에서 가장
행복하다.

12

시인학교

강이루

시인학교를 갔는데
나만 1학년이다.
조금 어색했다.
계속 다녀봤는데
재밌었다.

시험

이채율

시험을 봤다.
60점을 맞았다.
시험이 중요한 게 아니다.
100점 맞은 사람보다
행복하게 살면 된다.

방학

이채율

다들 방학엔 쉬어
나는 방학이 없어.
나눔터로 들어가
저녁 7시까지 있어.

필통

친구의 필통을 가져갔어.
친구가 자꾸자꾸 달래.
안 줬는데 그냥 가져가래.
어차피 새로 사면 기쁘니까.

시를 쓰러 왔어

임은지

친구가 시인학교
수업 듣고 있는데
갑자기 돌아다니고 있다.

야, 여기 시를 쓰러 온 거지,
놀러온 거냐!
내가 소리쳤다.

사실 이 말은 우리 엄마가
나한테 하는 얘기다.

피아노 급수 시험

임은지

피아노 시험 보기 전엔
잘 치는데
막상 무대 앞에서
피아노를 치면
손이 잘 안 움직이는 것 같다.
도대체 왜지?
그런데 막상 치고 내려오면
생각보다 잘 친 것 같아서
뿌듯하다.

속이는 영양사쌤

김승우

와! 이거 닭강정 아니야?
먹어 봐야지. 우웩!
코다리 무침이네.

와, 이거 탕수육 아니야?
먹어 봐야지. 우웩!
버섯 탕수육이네.

한 입만 1

강이안

붕어빵을 샀다.
친구가 "한 입만"이라고 했다.
그래서 줬는데
홀랑 다 먹어서 화가 났다.
다음엔 절대 안 줄 거다.

근데 한 입만
트라우마가 생겼다.
친구가 계속 나에게
"한 입만"이라고 해서
"싫어" 했는데
절교한다고 했다.

다시 줬는데 이번엔
양심 있게 반만 먹었다.

엄마의 잔소리

유하민

씻어!
공부해!
학원 가!
학교 가!
게임 좀 그만해!
숙제해!
그만 먹어!
그만해!

숟가락

유하민

엄마가 숟가락을 줬다.
갑자기 줘서 뭐지 했다.
엄마가 숟가락으로
노래를 부르라고 했다.
신기해서 숟가락으로
노래를 불렀다.

한 입만 2

강이안

붕어빵을 또 샀다.
"한 입만"
"싫어."
"한 입만~"
"아~ 싫다고~"
"한! 입! 만!"
"아, 그래. 한 번만!"
한 입만 먹었다.
진짜 한 입만 먹었다.
양심 있다.

다음에 또 줄 거다.

오빠들은 빼고

유하민

나는 엄마 아빠랑
놀러가는 게 좋다.
오빠들은 빼고.
오빠들은 장난을 쳐서
엄마 아빠랑 가는 게 좋다.
근데 그럴 수는 없다.
내가 마법사도 아니고
오빠들이 장난만
안 치면 좋겠다.

지우개의 탈모

유이빈

지우개로 지우면
지우개의 머리카락이 나온다.
지우개도 탈모인가 보다.

공부

유이빈

나는 공부가 싫다.
우리 부모님은
"다 너를 위한 거야."
나는 정말 나를 위한 건가
생각하다 보면
공부할 시간이 다가온다.
그냥 안 하고 자고 싶다.

종이와 연필

백준선

연필이 열심히
종이에 침을 바른다.
종이는 더럽다고
지우개한테
요청한다.

점

백준선

우리 엄마의
매력적인 점이
어느 날 없어졌다.

엄마가 병원에서 뺐다 했다.
의사 선생님도
우리 엄마 점이
탐났나 보다.

누굴 닮았지?

백준선

내가 접시를 깨뜨렸을 때
엄마가 나한테 아빠 닮았다고 했고
시험 100점 받을 땐
엄마가 나한테 엄마를 닮았다고 했다.

난 누굴 닮았지?

군산 도깨비 시장

나주한

군산 도깨비 시장은
규칙을 잘 지킨다.

새벽에 열렸다가
8시에 사라진다.

그래서 도깨비 시장인 것 같다.

철길마을 기찻길의 추억

송승민

기차가 철길마을의 철도를 향해 달려옵니다.
기찻길에 고추를 말려 놓은 사람은
"에구머니나 빨리 고추를 거둬야겠네."
기찻길에서 놀던 아이들은
"야, 기차 온다. 기차 가까이서 보자."
기차 안내원은 아이들에게
"비켜라, 위험하다." 소리지릅니다.

그렇게 몇 십 년이 지났습니다.
기찻길은 그런 일이 일어나길
아직도 기다리고 있습니다.

2부

상상남매 현실남매

형

강이루

형은
마음이 시소 같다.
나쁜 면도 있고
착한 면도 있기 때문이다.
근데
나쁜 면이 쪼~~~~끔 더 많다.

엄마 몰래

엄마 몰래
인형놀이 하다가
엄마가
누가 공부하다 말고
딴 짓 하냐고
날 혼내

하지만 나는
엄마가 가고 나서
또 몰래 슬라임을 꺼내

내 생각은 이거야
잘하면
엄마 몰래
유튜브 찍을 수 있겠지?

문 앞

이채율

문 앞에 있어.
떨려.
문을 열자마자
잔소리 폭격.

강이루

강이루

엄마가 내 이름을
강이루라고 지었는데
왜 그렇게 지었느냐고 물어봤다.
바로 뭐든지 다 이룰 수 있다고
지었다고 했다.

우리 엄빠는 초등학생

임은지

우리 엄빠가
내가 좋아하는 게임 캐스트를
깨 준다고 핸드폰을 달라고 했다.
이럴 때 난 엄빠가
초등학생 같다.
왜냐하면 게임하는 모습이
나보다 즐거워 보이기 때문이다.

책상 정리

김승우

책상 정리를 해야겠다.
구겨진 종이는 그냥 버려 주고
입 벌리고 있는 책은
입 다물어 주고
집을 몰래 빠져 나간 색연필은
집에 다시 집어넣고
밥이 다 떨어진 핸드폰은
다시 먹여 주고
정리 끝!

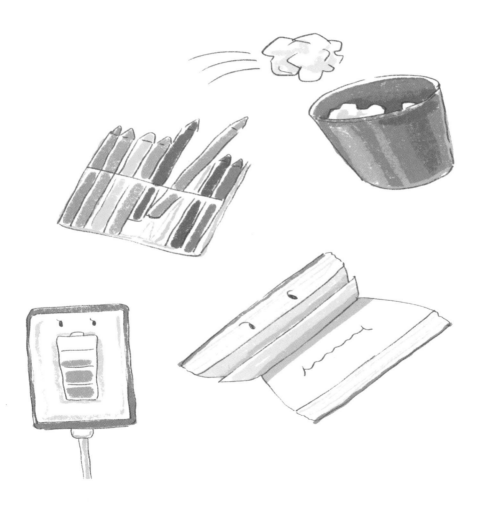

상상남매 현실남매

나: 형아, 놀자.

상상남매(형아): 그래, 뭐하고 놀까? 장난감? 레고?

나: 누나, 나랑 레고 하자.

상상남매(누나): 그래, 레고 하자. 뭘 만들까?

(현실로 또르르르)

나: 형아, 놀자.

현실남매(형아): 안 돼! 형아 게임 해야 돼!

나: 누나, 나랑 레고 하자!

현실남매(누나): 싫어! 그리고 내 방 들어오지마!

시간을 되돌릴 수 있다면

송승현

나는 친척 동생
교육 똑바로 시키고
친척 언니에게 당하고만
있지 않을 것이다.

우리 오빠

송승현

우리 오빠는 정말 짜증난다.
얼굴도 못생겼고 극 T다.
자기도 나 괴롭히면서
조금만 건드려도 짜증을 낸다.

선생님께 이렇게 쓴 시를 보여드렸더니
"이 시를 꼭 시집에 넣고 싶니?"
물으셨다.
나는 결국 엄마한테 혼날까 봐
못 넣겠다고 말했다.

결혼

송승현

나는 결혼을 하기 싫다.
엄마는 저출산 시대라고
결혼을 하라고 한다.
다른 사람들이 결혼해서
아기를 낳으면 되는데…….

물 같은 시간

송승현

시간은 물처럼 흘러간다.
우리 오빠는 분명 1학년이었는데
벌써 6학년이 됐다.
곧 있으면 졸업하겠지?

우리 언니 생일은
좋지도 않고 싫지도 않다

박수아

우리 언니는
특별한 날에 태어났다.

'삼일절'
3월 1일에 태어났다.

근데 안 좋은 점은
3월 1일 다음이
평일이면 바로
'개학' 학교에 간다.

그래서 우리 언니 생일은
좋지도 않고 싫지도 않다.

엄마의 노는 시간과
나의 노는 시간

박수아

내가 노는 시간은
많이 없고
공부하는 시간은
많다.

엄마는 공부 대신
집안일을 한다.

엄마는 집안일을
많이 안 하면서
놀러가고
많이 논다.

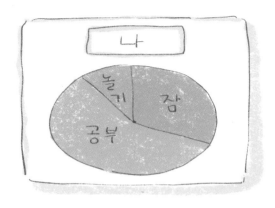

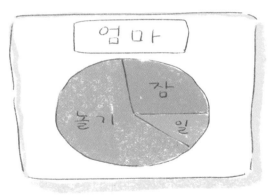

이건 정말
불공평하다.(미워)

나를 혼내는 번개

박수아

엄마에게
혼이 나고 있었다.

그런데 갑자기
소나기가 오면서
번개가
우르르쾅쾅
나를 더 혼낸다.

번개는 나를 볼 수 있지만
나는 왜 번개를
볼 수 없을까?

부모님과 나의 잔소리

박수아

부모님이 잔소리를 한다.
다 너희 잘돼라는 소리야.

그럼 내가 부모님께
뭐라고 반박하면

부모님은 더욱 화를 낸다.
나도 부모님 잘돼라고
하는 말인데…….

아빠

이로운

아빠는 매일 새벽마다
밥도 허겁지겁 먹고
일하러 나가신다.
아빠는 새벽에 나가시고도
저녁 늦게 돌아오신다.
조금 늦어도 되는데
빨리 가야 한다고
새벽 일찍 나가신다.
주말에도 빠짐없이 나가신다.
아빠가 나가실 때마다
다치지 마시라고 하지만
그래도 내 마음엔
아빠 생각만 가득 찬다.

알겠어요

이로운

엄마는 매일매일
청소해라, 씻어라, 잠자라, 공부해라 이러신다.
나는 귀찮아도
알겠어요 하고 청소하고
알겠어요 하고 공부하고
알겠어요 하고 씻고 잠잔다.

나는 무슨 잔소리든 알겠어요 하지만
내가 뭘 알겠다고 하는지도 모르겠다.

할머니댁 TV

이로운

할머니댁 가면
언니, 동생은 TV, TV, TV만 찾는다.
나는 그때마다 이런 생각이 든다.
언니와 동생은 자석의 N극이고
TV는 S극인가?
맨날 TV에만 붙는 언니, 동생
정말 신기하다.

말

강이루

말을 탔다.
졸렸다.
그때 형이 말에서 떨어졌다.
꼴좋다.
근데 내가 그걸 형한테
말했으면 형한테
맞았을 거다.

앨리

문앨리

나는 문앨리
앨리라는 소리를 들으면
금발 머리를 가진
여자아이가 생각난다.
나는 아쉽게도
금발 머리가 아니다.
하지만 나는
금발보다 검은 내 머리카락이 좋다.

3부

이게 뭔 가을이에요

나비

강이루

나비는 꽃에서는
예쁘지만
똥에서는
안 예쁘다.

참새인가 토끼인가

임은지

참새가 나무에 앉아 있다.
다른 참새가 오니 바로 자리를 비켜 준다.
그런데 가만 보니 참새가 날지 않고
총총총 이동한다.
이럴 때 나는 어리둥절한다.
토끼도 폴짝폴짝 참새도 총총총
난 참 어리둥절한다.

첫눈

김승우

첫눈이 오면
좋아하는 사람과
눈을 함께 맞을 거다.

좋아하는 사람이
누구냐고?

그건 바로 비밀!

이게 먼 가을이에요

김승우

지금 가을이 아닌데
엄마가 가을이라고 했다.
가을이 아닌 이유는
아직 나뭇잎 색이
변하지 않았다.
아직 가을이 아닌데
엄마의 눈은 이미
가을인가 보다.

70

돼지

강이안

돼지는
어떤 면에서 보면
귀엽다.
지금은 귀여워도
옛날엔 아니다.
돼지는
사람들이 싸는 똥을 먹었다.

나는 다음 생에
그렇게 안 될 거다.

나비의 생활계획표

나비는 알을 낳는다.
알에서 애벌레가 나온다.
그때부터 애벌레 생활이 시작된다.
애벌레는 고치를 언제 만들지 모른다.
고치 속에 있는 시간은 얼마 안 된다.
그 시간이 끝나면 애벌레는
"나, 나비됐다!'

감꽃

유하민

엄마가 집에 가기 전에
감꽃을 따 주셨다.
감꽃은 먹어도 된다고 하셨다.
사과맛이 났다.
계속 먹었다.
먹어도 먹어도 맛있다.

말과의 경험

강이안

오늘 처음으로 말을 탔다.
말을 타서 너무 무서웠다.
난 고삐를 꽉 잡았다.
그때 말에서 떨어졌지만
아프진 않았다.
근데 선생님이 엄청엄청 놀라셨다.

나 애기 아닌데
선생님이 왜 이러실까?

청개구리

유이빈

청개구리가
돌 옆에 있으면
은색으로 바뀐다.

맹꽁이

박수아

맹꽁이는 멸종위기다.

우리 학교 배수구에
맹꽁이가 살고 있다.

맹꽁이는 우리 학교가
안전하다고
생각하나 보다.

나도 우리 학교가
안전하다고 생각해서
월화수목금
학교에 나온다.

먼지버섯

먼지버섯은 재밌다.
꾹꾹 누르면
먼지 같은 게 나온다.

그 먼지 같은 게
방귀 같다.
만약에 먹을 수 있다면
방귀맛이 날까?

일하는 벌 따로 있고
먹는 사람 따로 있다

박수아

벌들이 꿀을 만들면
사람들은 그걸 그대로 먹는다.

엄마가 돈 버는 사람
따로 있고
쓰는 사람 따로 있다고 했는데

벌도 꿀 버는 벌 따로 있고
먹는 사람 따로 있다.

80

클로버 꽃

클로버 꽃은 보석이다.
클로버 꽃으로 팔찌를 만든다.
클로버 꽃이 보석처럼
가운데서 빛난다.

더위 타는 벌레들

송승현

더운 날에
학원차에 벌레 한 마리가
들어왔다.

그다음 줄지어
벌레들이 들어온다.
벌레들도 더위를 타나 보다.

82

얼음의 땅

송승현

얼음이 더운 곳에 있으면
땀이 난다.

그리고 조금 있으면
사라진다.

어? 얼음이 어디 갔지?

비

유이빈

비가 주룩주룩
계속 오다가
우르르 쾅쾅 번개가 친다
그럼 우리 학교 학생들은
"와, 오늘 학교 안 간다!"
하며 신나 있다.

매미

백준선

매미가 맴~ 하고
운다.

매미가 더위에 지쳐
맴~이라고만 한다.

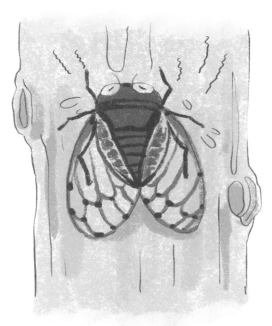

지진

백준선

지진이 나면
무서워
모든 가구들이 떤다.

모과

백준선

모과 냄새를 맡는다.
향수 많이 뿌렸네.
과일의 왕 두리안이
부러워한다.

꽃 이름

오나리

꽃 이름을 몰랐을 때는
관심도 없었고
그저 예쁘기만 했었다.

꽃 이름을 알고 나니
호감이 생기고
꽃이 더 귀엽다.

스투키

송승민

스투키를 처음 가져왔을 때
두 개였는데
지금은 7개
자식이 정말 많다.

우리나라 사람들도
자식 많이 낳으면 좋겠다.

무단 침입

송승민

산에 갔다가
도깨비바늘이
옷에 붙어서
집으로 몰래 들어왔다.

도깨비바늘이
무단 침입했다.

평민으로 행복하게 살고 싶다

거울

가위 바위 보 비겼잖아.
다시, 아, 진짜,
따라하지 말라고!

아, 진짜 하고
그 방에서 나가면
따라하는지, 안 따라하는지 모른다.
나를 자꾸 따라하는
거울은 바보 같다.

근데 어떻게 생각해 보면
거울이 나를
바보라고 생각할 수 있다.

찾아봐

강이루

초또복툭태패추
트오초태므리표차캐

찾을 것: 똥

시간을 되돌릴 수 있다면

강이루

시간을 되돌릴 수 있다면
나는 나쁜 일을 사람한테 알려 주고

좋은 일이 있으면 아예 안 알려 줄 거야

월요일 동굴

김승우

월요일 동굴을
가고 있었는데
중간에 돌로 막혔다.

꿈쩍도 안 한다.
월요일이 안 간다는 게
이 뜻인가 보다.

아재개그

이채율

야, 모기가 아픈데
어디가 아픈지 알아?
눈?
아니야, 모기니까
목이 아프지. ㅋ ㅋ

야, 아재개그는
아재가 하는 거야.

눈물도 피다

이채율

눈물도 피다.
단지
색깔만 없을 뿐.

점에는 누가 살고 있다

김승우

점에는 누가 살고 있다.
책에서 봤다.
누구냐면 꿈씨!
꿈씨는 나의 꿈을 만든다.
태어날 때부터 꿈씨가 들어간다.
꿈씨가
아하, 여기가 내 집이구나!
생각하고 들어간다.

내가 어른이 되면

임은지

내가 어른이 되면
여행이란 여행은 다 다니고
먹고 싶은 거 다 먹고
TV 보고
아무튼 공부는 안 할 거다.

하지만 시 읽는 수의사가 되려면
공부는 해야 한다.

일본

강이안

일본은 나쁜가 안 나쁜가
둘 다 말이 된다.
나쁜 이유는
우리나라를 침략했고
안 나쁜 이유는
내가 좋아하는 만화가
많기 때문이다.

이안 시인

강이안

이안 시인이 쓴 시를 봤다.
근데 내 이름도 이안인데
내 이름 따라하지 마세요.

중국어

강이안

중국어는 이상하다.
욕 같은데 욕이 아니고 이상한데
중국 사람들은 안 이상하다.
욕 같은 건 시뺀로마고
밥 먹었냐는 뜻이다.

평민으로

강이안

나는 내 첫 번째 생으로
가 볼 거다.
아마도 나는 평민일 거다.
지금도 평민이기 때문이다.
나는 전생에
평민으로 행복하게 살고 싶다.

나를 싫어하는 양말

송승현

양말아, 양말아!
내가 아무리 양말이를
애타게 불러 봐도
양말이는 보이지 않는다.
하지만 엄마가 찾을 때는
네? 하고
쏙! 나온다.

책의 양식

어른들은
책에 양식이 있대요.

어딜 봐도
어른들이 말한
책의 양식은 없는데요.

제4부 평민으로 행복하게 살고 싶다 109

별나라 별사탕

이인권

별나라 크기는 모르지만
별나라 사람들은
별사탕이 든 아이스크림을
먹고 살 것 같아요.

별나라 크기는 모르지만
별나라에는 달도 있어서
토끼들이 살고 있을 것 같아요.

110

로봇 청소기

백준선

청소기가 먼지를 먹는다.
큰 것도 먹고 싶어
애를 쓴다.

공기놀이

나주한

공기놀이 할 때

내가
공기를 다섯 개
손등에 올리면 실력이고

다른 친구가 올리면
운이 좋은 거다.

송편

백준선

송편을 먹으면
안에 많은 것이 들어 있다.
송편도
추석에
많이 먹었나 보다.

둘 중 하나만!

문앨리

난 매일 둘 중 하나만
선택해야 한다.
오늘도 그렇다.

시인학교 빼먹고
친구 집에서 놀까
아니면 시인학교를 갈까
그렇게 고민하다
하나를 선택했다.

그게 뭘까요?

생각 우물

문앨리

내 마음속
깊은 숲 가운데 있는 우물
생각이 날 때
올려서 쓰는 우물
항상 가득 차 있지만
오늘은 가뭄이 들어
말라 가고 있다.

인생 처음으로

송승민

시계가 재깍재깍 돌아간다.
나도
내 기억을
시계처럼 돌리고 싶다.

새벽 5시에 일어나 서울 여행갈 때
인생 처음으로 제주도 갈 때
1월에 4시에 일어나 부산 갈 때

그 짜릿함을
조금만 더
많이,
많이,
느끼고 싶다.

점점점 탑

문앨리

나이가 많아질수록
공부는 점점점
탑을 쌓아 가고

놀이는 점점점
탑이 줄어 간다.

이젠 점점점
더 피곤하고
점점점 힘들다.

어른들이 시인학교에 보내 준 응원

경암동 철길마을 아이들의 동시를 읽었어요. 저는 어렸을 적 할머니와 인천 수인선 철길을 걸어 작은집에 갔어요. 그때 잡 았던 할머니 손의 까끌까끌한 감촉, 들려주시던 미역귀신 이 야기가 하얀 연기를 뿜으며 칙칙폭폭! 기차처럼 제게로 달려 왔어요.

솔직한 마음을 드러내고, 거꾸로 생각해 보고, 공기놀이를 하 듯 말놀이를 하는 경암동 철길마을 아이들의 동시는 진지하고 사랑스럽고 재미나요. 함께 해 주신 선생님들의 노고에 감사드 리며 이렇듯 멋진 동시집을 낸 시인학교 어린이들을 칭찬하고 응원합니다!

박정완(동시인, 그림책 작가)

안녕하세요, 저는 그림책 이야기를 쓰고 그리는 이연이라고 합니다. 시인학교 시인들이 쓴 시를 만날 수 있어 기쁘고 흐뭇 하고 가슴이 따뜻해져요. 여러분들의 시를 읽으니 어릴 적 학 교 다닐 때가 생각이 났어요. 일주일에 한 번 특별 활동 시간이 있었는데 저는 항상 운문부라고 해서 동시 쓰는 부에 들어갔거 든요. 그때 쓴 동시들이 남아 있지 않아 얼마나 아쉬운지 몰라 요. 여러분들이 쓴 시를 모아 엮는다니 기대되고 기다려집니다. 응원해요.

이연(그림책 작가)

어린이 시인 여러분, 시집 출간을 진심으로 축하합니다! 내 이야기, 친구 이야기, 주변 이야기 등 세상의 작은 순간들을 포착하여 시로 표현하는 것은 정말 멋진 일입니다. 어린이 시인들이 발견한 특별한 순간들을 함께할 수 있어 참 좋습니다. 타임머신을 타고 시공간을 이동하기도 하고, 내가 아닌 다른 것이 되어 볼 수 있어서 참 즐겁습니다. 무한 상상력과 관찰력을 가진 어린이 시인들 덕분입니다. 항상 응원하겠습니다!

정지영(청하초 교사)

시인학교에서 동시를 쓰는 여러분이 정말 멋지다고 생각했습니다. 자신의 마음을 들여다보고 그것을 글로 옮기고 누군가에게 보여준다는 건 정말 용기가 필요하기 때문입니다. 때론 어른들도 그 용기를 내지 못해 망설이는 경우가 많답니다. 여러분의 작품을 보며 여러분의 마음을 느껴 보았습니다. 여러분들의 솔직한 마음이 제게 다가와 제 마음까지 밝아지고 때론 속이 시원했습니다. 여러분의 마음을 들여다볼 기회를 주셔서 감사합니다. 앞으로 여러분들이 쓰게 될 시가 궁금합니다. 용기를 잃지 않고 시 쓰기를 즐기며 멋진 작품을 많이 만들어 줬으면 좋겠습니다.

이시원(배우, 방송인)

아이들이 바라보는 세상은 참 재미있습니다. 솔직하고요. 재치있는 표현들 덕에 미소짓기도, 진지한 감정에 놀라기도, 섬세한 표현에 감동받기도 했네요. 한 장, 한 장 페이지를 넘기다 보면 동시를 통해 세상과 소통하려는 아이들의 당찬 목소리가 재잘거리는 듯 합니다.

아이들의 목소리에 예쁜 날개를 달아 주는 시인학교, 많은 어린이들이 시인학교를 통해 자신의 이야기를 세상에 마음껏 펼치기를 응원합니다!

김주희(매원초 교사)

● **1학년**

강이루

저는 성별은 남자고 군산에서 태어났습니다. 검은색 머리고 제일 좋아하는 동물은 수달입니다. 제 취미는 만화책 아니면 소설책 읽기입니다. 제 목표는 2단 줄넘기 100개 하는 것입니다. 제일 가고 싶은 나라는 베트남입니다. 이유는 아빠가 옛날에 가 봤는데 엄청 좋다고 하셨기 때문입니다. 좋아하는 꽃은 철쭉이고 좋아하는 색은 하늘색입니다. 가장 좋아하는 사람은 가족! 앗, 저는 1학년입니다.

● **2학년**

이채율

저란 사람은 아홉 살이고 좋아하는 음식은 초밥입니다. MBTI는 INFP이고 혈액형은 O형입니다. 시란 걸 써 보니 시인이 되어 볼까 하는 상상도 해 봐서 굉장히 좋다는 생각이 들었습니다.

김승우

자기소개를 시작합니다. 저는 아홉 살이고 그림맨입니다. 고양이를 좋아하고 줄넘기를 잘합니다. 성격은 긍정적이기도 하고 얌전하기도 해요. 머리 스타일은 파마 머리, 가장 좋아하는 음식은 감자튀김, 좋아하는 색깔은 블랙, 빨강, 노랑, 하늘, 연두이고, 가장 좋아하는 게임은 브롤, 무계, 가장 좋아하는 노래는 부모의 노래, 세상에서 제일 좋아하는 건 가족♡. 목표는 줄넘기 200개 달성하기, 혈액형은 O형입니다.

임은지

저는 황금색 단발 머리를 하고 있습니다. 가장 좋아하는 건 1위 가족, 2위 친구입니다. 가장 좋아하는 색깔은 화이트, 좋아하는 동물은 없고 다 좋아합니다.

유하민

저는 아홉 살이고 피아노도 잘 치고 운동도 잘합니다. 성격도 좋고 A형이고 마라탕을 좋아합니다. 가족은 엄마, 아빠, 오빠 둘이랑 살고 있습니다. 만화 영화에 나오는 사람을 닮았습니다. 장래 희망은 의사입니다. 친구들이랑 노는 걸 좋아하고요. 평소에는 줄넘기를 합니다. 별명은 고양이, 제일 좋아하는 간식은 요아정입니다. 머리카락은 짧고 친한 친구가 많습니다.

강이안
저는 군산에서 태어났습니다. 식구는 나, 동생, 엄마, 아빠입니다. 제가 좋아하는 물건은 핸드폰, 장난감, 어쨌든 전자제품을 좋아합니다. 취미는 책 읽기입니다. 저는 20세가 될 때까지 목표는 1억 권 읽기입니다. 엠비티아이는 ISTJ입니다.

● 3학년

박수아
2015년에 태어난 박수아입니다. 성별은 여자이고 좋아하는 것은 오리와 만들기입니다. 우리 가족의 형태는 엄마, 아빠, 남동생, 언니, 수아가 함께 지내고 있습니다. 저는 3학년 10살입니다. 단발이고 머리색은 갈색입니다.

유이빈
저는 10살이고 그림쟁이입니다. 강아지를 좋아하고 피아노를 잘 칩니다. 성격은 활발하기도 하고 얌전하기도 합니다. 10년의 시간 동안 군산 시민으로 산 기분은 '군산에서 태어난 게 좋다'라는 겁니다. 엄마, 아빠, 오빠랑 살고 있습니다.

이로운
저는 10살이고 별명은 다리가 길어서 롱다리입니다. 그림 그리는 것과 피아노 치는 것을 좋아합니다. 10년 동안 군산에서 살았고 아이돌이 꿈입니다. 노래 부르는 것과 춤을 추는 게 좋아서입니다. 저의 MBTI는 ISFJ입니다. 저의 성격은 차분한 성격이고 친구들과 나가서 노는 것을 좋아합니다. 저는 고양이상이고 엄마, 아빠, 언니, 남동생과 살고 있습니다.

송승현
저는 솔직히 제가 완벽하다고 생각해요. 저는 글씨체도 귀엽고요. 얼굴도 나쁘지 않아요. 공부도 꽤 잘하고 성적도 좋아요. (그리고 성격도 좋아요.) 저의 MBTI는 ESFP고요. 회장, 부회장도 모두 해 봤어요. 장래 희망은 선생님이고 저는 10살입니다.

● 4학년

이인권
겉이 바삭하고 살이 쫄깃한 치킨을 좋아합니다. 고기를 좋아해서 나중에 고기를 맛있게 굽는 고깃집 사장님이 되고 싶습니다.

● 5학년

오나리
저는 미술을 좋아해서 나중에 화가가 되고 싶습니다. 시는 호기심으로 썼는데 뿌듯했어요. 나중에 시와 잘 어울리는 그림을 그리고 싶어요.

백준선
제 이름은 흰 백, 지킬 준, 착할 선, 백준선입니다. 장래 희망은 요리사입니다. 축구를 좋아하고요. 익산에서 태어났지만 11년 동안 군산에서 산 군산 사람입니다. 시인학교 덕분에 관찰력도 좋아지고 공감력도 훨씬 좋아졌습니다. 또 처음 본 것에 대한 호기심도 커졌습니다. 재미있고 행복했습니다.

문앨리
저는 전주에서 태어났어요. 민트색을 좋아하고, 안경을 썼고 책킬러입니다. 할아버지 입맛이라는 소리를 듣습니다. 그림 그리는 것을 좋아하고요. 여행을 많이 해서 나만의 여행북을 만들어 보고 싶습니다.

나주한
저는 남자이고 5학년 12살입니다. 안경을 썼고 서울에서 태어나서 4살 때 군산으로 왔습니다. 엄마, 아빠는 꿈을 가지라고 하였지만 저는 꿈에 대해 자세히 알아가고 싶습니다. 시를 쓰면서 더 많은 상상을 하게 되었습니다.

● 6학년

송승민
저는 군산구암초 전교회장 송승민입니다. 저의 취미는 레고 스타워즈 하기입니다. 저의 꿈은 외교관, 건물주, 유투브크리에이터, 대통령 등등, 정말 많지만 가장 하고 싶은 직업은 외교관입니다. 왜냐하면 여러 나라 말을 잘하고 싶기 때문입니다. 저의 시 중 「스투키」를 재미있게 읽어 주셨으면 좋겠습니다.